Quiero
ser la que seré

A LA
ORILLA
DEL VIENTO

Primera edición, 2017

Molina, Silvia
    Quiero ser la que seré / Silvia Molina ; ilus. de Cecilia
Varela. — México : FCE, 2017
    56 p. : ilus. ; 19 × 15 cm — (Colec. A la Orilla del
Viento)
    ISBN 978-607-16-4917-1

    1. Literatura infantil I. Varela, Cecilia, il. II. Ser. III. t.

LC PZ7   Dewey 808.068 M442q

Distribución mundial

© 2017, Silvia Molina por el texto
© 2017, Cecilia Varela por las ilustraciones

D. R. © 2017, Fondo de Cultura Económica
Carretera Picacho Ajusco, 227; 14738 Ciudad de México
www.fondodeculturaeconomica.com
Comentarios: librosparaninos@fondodeculturaeconomica.com
Tel.: (55)5449-1871

Colección dirigida por Socorro Venegas
Edición: Susana Figueroa León
Diseño: Miguel Venegas Geffroy

ISBN 978-607-16-4917-1

Impreso en México • *Printed in Mexico*

Quiero ser la que seré

SILVIA MOLINA

ilustrado por

CECILIA VARELA

FONDO
DE CULTURA
ECONÓMICA

Para Silvia Verónica

Índice

Mi escuela

Tenía un portón inmenso, tan grande, que sólo abrían la puerta pequeña hecha en una de sus hojas. Me divertía pensar que de una puerta salía otra, como si fueran muñequitas rusas; o como si fuera la casa de *Los tres ositos*: la puerta grandota para el Papá Oso y la pequeña para el Osito.

Por ahí entraba y salía de mi escuela: el Instituto Francés.

No recuerdo si la abertura estaba en la hoja ←izquierda o en la derecha➜ porque siempre confundí ⇔ un lado y el otro ⇔.

Cuando comencé a escribir, era la única en el salón de clase a la que la maestra cambiaba el lápiz de mano y hacía repetir en voz alta:

De arriba a abajo;
de la izquierda a la derecha.
De arriba a abajo;
de la izquierda a la derecha.

Porque empezaba al revés que el resto de mis compañeras.

Al decir: "De arriba a abajo...", no tenía ningún problema, pero cuando iba en: "...de la izquierda a la derecha", se me olvidaba ⇔ cuál lado era cuál ⇔. Entonces, tenía que mirar de reojo a Isabel para ver cómo escribía ella, y la imitaba.

Mi escuela tenía el piso de los pasillos de mosaico. Me encantaba caminar por él porque me recordaba la casa de mi abuela.

En mi escuela había tres patios: el primero, pequeño; el segundo, mediano; y el tercero, grande (como para *Los tres ositos*), en ellos jugábamos a la hora del recreo las chiquillas, las medianas y las muchachas.

Tenía, además, muchos salones de clase. Nunca los conté, aunque contaba muy bien; pero debieron ser... como cincuenta.

Mi escuela, el Instituto Francés, era grande y tenía tanto prestigio que a ella íbamos muchas niñas que nada teníamos que ver con Francia ni con su cultura ni con su idioma.

Las profesoras eran religiosas, vestidas, disfrazadas, encubiertas de mujeres comunes y corrientes: sin hábito; aunque no era difícil darse cuenta de que eran religiosas, venidas en su mayoría de Francia, porque su vestido era negro, como sus medias y no se pintaban ni usaban tacones ni llevaban el pelo suelto sino bien atado bajo la nuca.

El Instituto Francés era una de las pocas escuelas católicas que quedaron después de la persecución religiosa que hubo en México, hace ya muchísimo tiempo. Persecución que yo no viví, pero las religiosas más viejitas sí; y por eso tenían miedo, ya que la enseñanza debía ser laica; o sea, sin nada de religión.

Para disimular, a las religiosas les decíamos *madamme*, es decir, "señora" en francés.

"Madamme, voulez vous me donner un chocolat? S´il vous plaît". "Señora, ¿me da un chocolate, por favor?" Fue lo primero que aprendí a decir en francés a la hora del recreo en la tienda escolar, porque me encantaban los chocolates.

Me gustaba mi escuela, pero no aprender a leer y escribir porque no acababa nunca de entender eso de la (¿↖↗?) izquierda y la derecha (¿↖↗?) ni por qué las vocales sonaban distinto en francés y en español ni por qué yo cambiaba las letras de lugar a la hora de escribir o de leer aunque pusiera atención en lo que hacía.

El primer día de clases

No se me olvida el primer día de clases, aunque ya ha pasado tanto tiempo, porque Isabel lloraba a gritos llamando a su mamá. Yo no sabía que se llamaba Isabel aquella niña que se ponía roja por el llanto hasta que una maestra le dijo:

—Ya no llores, Isabel, ya se fue tu mamá, no te va a oír —pero ella siguió llorando.

Cuando dijeron su nombre completo: "Isabel Fernández Soria", una maestra la formó junto a mí. Como seguía llorando, me dieron ganas de llorar con ella, pero mejor le di la mano.

Yo no lloré por quedarme en la escuela. Me gustó ponerme un uniforme nuevo y un delantal azul para no ensuciarlo; los zapatos azul marino y las calcetas blancas como el azúcar y la sal, como la nieve, como el papel de mis cuadernos. Ese día me vi en el espejo y pensé: "Qué bonito es llevar ropa nueva, cuando la tela huele a durazno y a manzana".

Tere me había hecho las trenzas con limón para que los cabellos rebeldes no se me cayeran sobre los ojos, y me había puesto unos listones blancos que anudó en un moño bonito, como sabía hacer.

Y yo había guardado en la mochila los lápices, la goma de migajón, la regla de madera, el cuaderno de rayas, el cuaderno de cuadros y el libro de lectura. Quería llegar a la escuela para abrir los cuadernos y en seguida escribir mi nombre. El nombre que me puso mi mamá: María del Carmen.

—¿Para qué va uno a la escuela? —le pregunté a mi mamá.

—Para aprender lo que no se sabe —me respondió.

Yo no sabía escribir mi nombre ni el de mi mamá ni el de mi abuela.

Yo estaba limpia y recién estrenada, con las trenzas apretadas y bien hechas; en cambio, Isabel se había despeinado de tanto llorar, y se había ensuciado el delantal de tanto limpiarse

con él las lágrimas. Y lo peor es que lloró casi todos los días de la primera semana: se quedaba cerca de la puerta, llamando a su mamá, mientras las demás corríamos a las filas cuando sonaba la campana, hasta que otra vez le di la mano y le dije:

—Ven, Isabel, vamos a formarnos para entrar al salón.

Isabel me dio la mano y dejó de llorar. Tuvimos suerte de que nos tocara juntas. ¿Pensaría que yo era alguien querido como su mamá? No sé, pero al día siguiente, me estaba esperando en el patio y fue ella la que dijo:

—Ven, Mari, vamos a formarnos para entrar al salón —y ya no lloraba.

Así, Isabel fue mi primera amiga. Así nos conocimos: ella llorando y yo muy contenta por entrar al colegio para estrenar los cuadernos y aprender a leer y escribir.

Tere

Tere era la señora que ayudaba a mi mamá en la cocina. Se llamaba Teresa. "Adorada Teresa", le decía mi mamá porque le ayudaba en todo lo que podía.

Mis hermanos y yo le decíamos Tere porque la queríamos mucho. Era de un lugar lejano, a la orilla del mar. De un lugar que tiene playas y arena fina, donde la gente es alegre y dicharachera, y se llama Veracruz.

Tenía el pelo canoso y se lo peinaba con brillantina; por eso le olía a perfume y le brillaba tanto.

Cuando yo iba a la cocina y ella estaba sentada comiendo o limpiando frijoles o batiendo claras de huevo o desvenando chiles o pelando chícharos, me sentaba en sus piernas. Y era como estar en una cuna porque me arrullaban sus movimientos.

Cuando estaba cansada y me moría de sueño la buscaba para dormirme con su arrullo. Entonces, me hablaba del mar y de sus hijos que extrañaba porque estaban lejos. Y si no estaba ocupada, me dormía en sus brazos.

—Es una grandulona y quiere que Tere le cante —decía con envidia mi hermano José.

Tere me llevaba al Instituto Francés en un autobús de la ruta Santa Julia cuando el transporte de la escuela se iba sin mí porque no estaba lista. Casi siempre me dejaba el autobús, porque yo no quería ir a la escuela, y hacía todo lo posible para que se fuera sin mí: no me dejaba hacer las trenzas ni abotonar el uniforme ni hacer el moño del delantal, escondía los zapatos, no me tomaba el chocolate...

Entonces Tere se apuraba, le pedía a mi mamá para las compras, sacaba la canasta del mercado, y corríamos a la parada del autobús.

Cuando no me dejaban entrar a la escuela porque ya era muy tarde, me iba con ella al Mercado Santa Julia y le pedía que me comprara un pañuelo estampado con flores o unos anillos corrientes que me atraían porque las piedras parecían brillantes.

Comíamos una mandarina, una naranja, una granada o un plátano mientras íbamos comprando huevos, carne, zanahorias, espinacas, arroz, jitomates, ajos y cebollas...

El mercado me entusiasmaba más que la escuela. Lo que no me gustaba de la escuela eran las clases de francés y de español, porque, aunque ya no me cambiaran el lápiz de

mano, a veces, todavía, se me olvidaba cuál era la (¿↖↗?) derecha y cuál la izquierda (¿↖↗?), y torcía las sílabas o las cambiaba de lugar, como ya dije; también confundía las letras: la "pe" con la "ge", la "de" con la "be"; y cambiaba de lugar las vocales: leía o escribía "es" por "se", "le" por "el".

Por eso leía con torpeza, y me daba temor sentir a la maestra impaciente: "Pon atención, no inventes".

Y mis compañeras, todas mis compañeras, menos Isabel, se reían como si yo fuera un bufón. Y sí tenía cuidado, pero donde yo leía "bato" o "toba" Isabel leía "dato"; y si yo creía haber escrito "paso", Isabel decía que allí había puesto "posa" o "sapo" o "sopa", y yo no me daba cuenta. No entendía por qué me pasaba aquello sólo a mí.

Por eso no quería ir a la escuela sino al mercado con Tere.

Las cuentas

El mercado me parecía hermoso y alegre con sus colores amontonados como globos en la fruta y la verdura: el amarillo en los plátanos y los mangos (el mango es mi fruta favorita, pero no los comía en el mercado porque era difícil no ensuciarme), el rojo en las manzanas y los jitomates, el naranja en las naranjas y las papayas, el verde en los limones...

Me divertía porque Tere me hacía practicar las cuentas. Me daba una moneda para pagar y me preguntaba cuánto debía recibir de cambio.

Por ejemplo, Tere compraba medio kilo de calabazas. El kilo costaba 4 pesos y me daba una moneda de 10. Era fácil dividir 4 (pesos) entre 2 (medios kilos que tiene un kilo) = 2, y restar a 10 (pesos) los 2 (pesos) = 8 de cambio.

Para verificar que no me había equivocado, hacía otra cuenta rapidito: un kilo 4, medio kilo = 2 (pesos); 10 menos 2 = 8 de cambio.

Hacía las cuentas velozmente dentro de mí, y como no me equivocaba, recibía de premio un pollito de verdad, de esos que venden recién nacidos en los mercados o un jarro o una cazuela o una olla de barro pequeños, y con ellos jugaba en las tardes a la comidita o al mercado.

Cuando jugaba a la escuelita no regañaba a las niñas que no aprendían a leer y escribir, porque sabía que se fijaban, aunque no pudieran hacer lo mismo que las demás. Tere me decía que yo era muy inteligente por lo rápida para hacer las cuentas, y me aseguraba:

—Vas a ser muy buena en lo que serás —y me abrazaba orgullosa como si yo fuera su hija.

Yo repetía por las noches como una oración: "Quiero ser la que seré lo más pronto posible".

Aunque Tere no era mi nana sino la ayudante de cocina de mi mamá, me quería más que si fuera mi nana. Yo soñaba que un día me llevaría al mar a conocer a sus hijos, pero una noche se sintió cansada y se fue. Antes de irse me dio un beso:

—Te voy a extrañar como extrañé a mis niños; pero un día, cuando seas la que serás, irás a buscarme y estaré esperándote para que hagas mis cuentas.

Dejé de ir al mercado y de dormir en aquellos brazos fuertes y seguros, y entonces supe por qué mis hermanos extrañaban tanto a mi papá. Y repetía todas las noches: "Quiero ser la que seré. Quiero ser la que seré."

Mi mamá

Mi mamá no supo nunca que Tere me llevaba al mercado y me compraba pañuelos y anillos corrientes y cazuelitas de barro y granadas y mandarinas y plátanos, porque cuando regresábamos subía a esconderme en la azotea, donde estaba el cuarto de Tere, y allí esperaba jugando a muchas cosas o dibujando o dándole de comer a mis pollitos, acompañada de mi perra pastor, Lady, a que dieran las dos de la tarde para bajar con mucho cuidado como si llegara de la escuela.

—¿Cómo te fue? —me preguntaba mi mamá que estaba tejiendo o bordando o arreglando la despensa, un ropero, una cómoda o una vitrina.

Le contestaba la verdad:

—Me fue muy bien —respondía, pero no le informaba que no había ido a la escuela porque sabía que se enojaría o despediría a Tere.

Mi mamá nunca se dio cuenta de que no iba a la escuela porque cuando firmaba las calificaciones sólo se fijaba en que reprobaba español o francés.

No me felicitaba por sacar 10 en aritmética (a pesar de mis faltas) y en dibujo y en conducta y en historia... Ni se daba cuenta de que había unas faltas por ahí. No advertía nada que no fuera una nota roja en español, un "insuficiente" en francés o un "reprobado" en escritura.

Mi mamá firmaba las calificaciones todos los viernes, cuando se las entregaba, con una letra finita: Rosario Tejera vda. de Campos.

Un día le pregunté:

—¿Qué quiere decir vda.?

—Quiere decir: viuda —me dijo como si nada, o sea, la mujer a la que se le ha muerto el esposo.

Mi mamá era viuda de mi papá, y yo y mis hermanos, huérfanos de padre. Yo no lo extrañé nunca porque no lo conocí.

Jesús y José sí extrañaban a papá. Decían que trabajaba mucho, que tocaba la guitarra, que cantaba muy bonito, que los llevaba al parque, que jugaba con ellos, que los quería mucho, que los besaba y los abrazaba… Que, que, que, que… y hacía todas esas cosas que hacen los papás con sus hijas e hijos.

Mi mamá no tocaba la guitarra ni cantaba ni nos llevaba al parque, pero cuando estaba contenta se ponía un vestido floreado y le brillaban los ojos.

A mí me contaba cuentos, y jugaba conmigo a la comidita, y me ensañaba a tejer y a bordar, y las reglas del futbol para que no me hicieran trampa mis hermanos, y me hacía aprender rimas como ésta:

El lunes me picó un piojo,
y hasta el martes lo agarré;
para poderlo lazar,
cinco reatas reventé.

Para poderlo alcanzar
ocho caballos cansé;
para poderlo matar,
cuatro veces lo apreté.

Para poderlo guisar,
a todo el pueblo invité;
y con los huesos que quedaron
un potrerito cerqué.

Mi mamá me besaba y me abrazaba y jugaba conmigo, y hacía todas esas cosas que hacen las mamás con sus hijas e hijos, o sea, que también me regañaba porque suponía que yo no quería aprender a leer y escribir.

Todo mundo estaba seguro de que me negaba a propósito porque no tenía papá sino padrastro. Es decir, mi mamá se volvió a casar con un señor que se llama Pierre Chauvet.

Entonces, mi mamá comenzó a firmar mis calificaciones así: Rosario Tejera de Chauvet. Hacía su letra finita y se veía muy bonito su nuevo apellido.

Mi mamá era delgada, como la abuela, morena como el abuelo, serena como la noche cuando te leen un cuento, buena como la medicina para el estómago, dulce como los mangos Manila, suave como los aguacates que untas en el pan, clara como la mañana cuando sale el sol, feliz como las mamás que se vuelven a enamorar como ella.

La Lady

Era mi perra pastor, negra con plata. Traviesa, alegre, dulce, inteligente. Oía de lejos mis pasos, y paraba las orejas. Cuando yo llegaba de la escuela me estaba esperando tras la puerta moviendo la cola de alegría. Se escondía debajo de mi cama y me seguía a todas partes como mi sombra.

En el parque la dejaba ir lejos, retozando, pero volvía pronto sólo si yo la llamaba: "¡Lady!".

Y caminaba pegadita a mí, como si yo fuera su borreguito y ella un verdadero pastor.

La enseñé a sentarse, a echarse, a dar la mano, a rodar y a recoger el periódico (se lo llevaba a Pierre Chauvet, a quien le causaba gracia). Nadie podía regañarme ni alzarme la voz ni levantarme una mano porque la Lady gruñía en el acto avisando que estaba allí para protegerme.

Si yo estaba contenta, se ponía contenta, si yo estaba triste, se ponía inquieta. Su apego a mí lo demostró siempre, quizá porque tuvo mi cariño desde que llegó pequeñita. Por eso, en la casa decían: "tu perra".

—Ve a ver a quién le ladra tu perra —me decía Tere.

Los anteojos del viejito

Cuando estaba en primer curso, en la clase de caligrafía, nos daban un cuaderno rayado, una plumilla, un tintero y un secante, y nos enseñaban a mojar la plumilla en la tinta, y a escurrir bien la punta para que no mancháramos el cuaderno. Y hacíamos círculos como resortes, que se convertían en muchas cosas como trenes, humo de chimeneas o túneles...

Dibujábamos rayas horizontales, verticales o inclinadas, y cosas así, para que se nos soltara la mano para hacer la letra *palmer*, decía la maestra.

Una vez que me concentraba para usar la mano derecha, mojaba la plumilla en el tintero, escurría muy bien la punta, y mentalmente repetía: "De arriba a abajo, de la izquierda a la derecha". Y volteaba a ver a Isabel, para estar segura de que todo iba bien.

La clase de caligrafía me entretenía porque era como una clase de dibujo. Sobre todo, me entretenía más cuando hacíamos los ejercicios con pequeñas estrofas como ésta:

Los an-teo-jos del vie-ji-to
no los va-yas a rom-per,
por-que lue-go el po-bre-ci-to
no ten-drá ya con qué ver.

Mientras cantábamos, hacíamos unos círculos que uníamos con un medio círculo en la parte superior; y luego, de cada lado, hacíamos con otros medios círculos las patitas de los anteojos. Yo pensaba en los anteojos de mi abuela María del Carmen y en los anteojos de mi abuelo Juan.

Mi abuelita se llama María del Carmen, mi mamá se llama María del Carmen, y yo me llamo María del Carmen, pero todos, menos mi padrastro, me decían Mari. Él me decía cosas bonitas como: *"Ma petite poupée"* o *"Ma cerise"*, que quiere decir: "Mi muñequita", "Mi cereza".

En mi casa somos Jesús, María y José, y seríamos como la Sagrada Familia si no fuera porque mi padrastro se llama Pierre.

Mi padrastro

Pierre Chauvet conoció a mi mamá en una fiesta, cuando eran jóvenes. Dejaron de verse mucho tiempo y los dos se casaron (cada quién por su lado). Mi mamá enviudó y se quedó con tres hijos, y él se divorció (o sea, que se separó legalmente de su esposa) y no tuvo familia. Volvieron a encontrarse una mañana en una tienda que ya no existe y que se llamaba La Ciudad de México. Así comenzaron a verse.

A mí me pareció muy bien que mi mamá no saliera solita; a mis hermanos les pareció muy mal que saliera acompañada por Pierre. Y Pierre comenzó a venir a comer a la casa los fines de semana; y después, a cenar los miércoles; y después... después... decidieron casarse y nos lo dijeron.

A mí me pareció muy bien que mi mamá se casara con un francés para que me ayudara con las tareas de la escuela; a mis hermanos les pareció muy mal porque no querían otro papá que no fuera el nuestro; pero de todas maneras se casaron.

Pierre trabajaba mucho pero no tocaba la guitarra ni cantaba en las fiestas ni besaba y abrazaba a mis hermanos, pero sí los llevaba de vez en cuando al parque y jugaba con ellos algunos juegos de pelota o cochecitos o bádminton.

Y una tarde les regaló un tren eléctrico que armó sobre el piso del estudio, y que tenía luces y vías y puentes y desviaciones, y hacía *chucu chucu chucu chucu, chuuuuuuuuuuuu...* Y parecía un tren verdadero, pero en miniatura, y entonces vi a mis hermanos felices con Pierre.

Pierre me ayudaba a leer en voz alta por las noches, aunque lo sacara de quicio, porque a veces él también creía que yo me hacía la torpe para hacerlo rabiar a propósito; pero no se enojaba como mis maestras.

Pierre le aseguró a mi mamá que yo era zurda; o sea, que uso la mano ← izquierda en lugar de la derecha → porque me vio ensartando una aguja, aventando la pelota, sirviendo el agua de la mesa, repartiendo las cartas de la baraja y tomando la cuchara de la sopa.

Decía que las maestras de mi escuela eran atrasadas porque me hicieron aprender a escribir con la derecha, y me aseguraba que por eso yo no podía leer de corridito aunque tuviera doce años.

—¿Entiendes? —me dijo—. Te obligaron a escribir con la derecha y eres zurda. En esta casa y en la escuela usas la mano que te dé la gana.

Y fue a hablar con las maestras, pero yo ya había aprendido a escribir con la derecha, y no podía leer como mis compañeras; y eso me hacía vivir con una especie de miedo secreto, titubeo, incertidumbre, inseguridad y vergüenza.

Yo sólo quería ser la que sería de grande, pero ya pronto para que no me pasara todo eso, y mi lectura fuera tema de discusión de todo el mundo, pues ya me habían dicho que no iba a pasar sexto año porque no sabía leer como Dios manda.

Y nadie se explicaba cómo había aprobado los otros años. Pero para su información reprobé segundo, y me dio mucha

tristeza perder a Isabel, y que ella tuviera a la hora del recreo a otras amigas, y que jugara en otro patio de la escuela.

Sin embargo, nadie podía decir que yo no sabía matemáticas o historia o geografía o ciencias sociales o cualquier cosa, porque me bastaba la explicación de la maestra para entender y aprenderme las cosas. Y porque mis hermanos Jesús y José me ayudaban cuando no entendía algo. Por eso había pasado de año, año tras año, menos segundo, porque tonta no era, sino torpe para leer y escribir, sobre todo cuando alguien me presionaba o me estaba observando.

Todavía me acuerdo de aquella tarde en que Pierre Chauvet me puso a leer en voz alta el periódico. Lo abrió en la sección de Sociedad, y yo comencé:

—Hon-ra-ron a Su-per-mán...
—¿Qué qué, *ma petite*? —me preguntó.
—Que honraron a Supermán —dije feliz de que me dijera "mi chiquita", "mi pequeña".
—A ver, *ma petite hirondelle*, vuelve a leer —me pidió.
Volví a leer:
—Hon-ra-ron a Su-per-mán.
—Fíjate bien, no inventes —agregó.
Y yo ya iba a llorar cuando Pierre me enseñó despacio, con calma:
—Con-ra-do Zú-quer-man. ¿Ves, *ma petite cerise*?
Y miré el periódico.
—A ver, ahora tú.
Y yo lo intenté:
—Con-ra-do Zú-quer-man cum-ple veinte años de ser... servicio.
Pierre decía que mi mamá debía cambiarme de escuela, que tal vez lo que me pasaba es que no podía con los dos idiomas al mismo tiempo, porque la "u" en francés no suena "u",

como en español, sino casi como una "i"; y la "ou" en francés se dice "u", como en español; y "eau" suena "o"... Y así, pues, todo se pronuncia distinto, y realmente me confundía.

Pero, aun así, todo lo que nos enseñaban en la clase de francés lo sabía, y decía la maestra que lo pronunciaba bien porque tenía profesor en casa.

Pero Pierre no nos hablaba en francés, que es su idioma, sino en español, que también aprendió de niño.

Yo iba al Instituto Francés, ya dije, porque en esa época todo mundo decía que era el mejor colegio para mujeres.

Y Pierre decía que si no me dejaron escribir como zurda, era el peor colegio que había para mujeres.

Pierre era alto como una escalera, rubio como los cabellos del maíz, bueno como los atardeceres largos cuando puedes jugar mucho, y juguetón como los gatos.

Pierre Chauvet tenía los ojos azules y quería a mi mamá, le tenía paciencia a mis hermanos y a mí me decía todo eso que ya dije o *"Ma petite hirondelle"*, porque le aseguraba a mi mamá que yo traía la primavera a casa; y yo lo quería como a mi papá, aunque no sé qué sería querer a un papá. *"Hirondelle"* significa en español: golondrina.

Isabel

Se ponía roja cuando lloraba, pero era apiñonada. En el recreo andábamos siempre juntas hasta que reprobé segundo, y ella dejó el patio de las chiquillas, pero no dejó de ser mi amiga porque vivíamos cerca y nos veíamos en el parque, o en su casa o en la mía.

A Isabel yo le ayudaba en las tareas de matemáticas, aunque yo iba más atrás, y ella me ayudaba con las de español o me revisaba las tareas de historia o de ciencias, y corregía mis torceduras:

—Pusiste "ed", por "de", qué chistoso.

A Isabel mis errores le parecían "chistosos", "ocurrentes" e "ingeniosos" .

Isabel fue mi amiga siempre y siempre tuve su apoyo, y ella siempre tuvo el mío. Por eso, seguimos viéndonos después de tantísimo tiempo; y hablamos de esos años como lo que fueron: una época en que todavía no se sabía que mi problema tenía un nombre y que bastaba un entrenamiento especial para superarlo.

Mis hermanos

Jesús era el mayor, le seguía José. Eran muy distintos, tan distintos que nadie diría que eran hermanos.

Jesús siempre fue resuelto, arrojado, audaz y valiente (como decían que había sido mi papá). Si Jesús iba con nosotros al parque, no teníamos miedo porque sabíamos que él estaba allí para cualquier cosa: nadie nos quitaría la pelota ni nos miraría feo ni nos quitaría el columpio ni el sube y baja.

A Jesús le encantaban los discos y sabía quién era quién en el mundo de la música, y por lo mismo, su colección de discos era su orgullo.

En cambio, José era callado, tranquilo, silencioso, pacífico y apacible como mi mamá. Se sentaba a dibujar células y amibas y microscopios y frascos y morteros en su cuaderno de prácticas de biología, con tinta china y plumillas y pinceles. Se encerraba en su cuarto a leer y coleccionaba libros de aventuras, de viajes y misterio, y su colección de libros era su orgullo.

Jesús era moreno como mi papá, enojón como el abuelo, que era un poquitín enojón, alto como Pierre Chauvet, aunque no tenían nada que ver, y simpático como él solo.

José, en cambio, era blanco como la abuela, dulce como el flan, tímido como yo, que era un poquitín tímida, y ocurrente como él solo.

Jesús y José, mis hermanos mayores, me querían tanto, tanto me querían, quizá porque sabían que me había hecho falta un papá, que me hacían participar en todos sus juegos: futbol, cochecitos y vaqueros. Y los dos me ayudaban a hacer mis ejercicios de la escuela.

José me dibujó en su block de dibujo un **g**ato de una "**ge**", un **p**ato de una "**pe**", un **d**edo de una "**de**", y un **b**urro de una "**be**", y me decía:

—Cuando veas una "**ge**", acuérdate del **g**ato, que así suena la "**ge**", como **ggggg**ato. Cuando veas una "**pe**", acuérdate del **p**ato que así suena la "**pe**", como **ppppp**ato". Cuando veas una "**de**"... Y cuando estaba con él, leía un poco mejor porque iba viendo los dibujos si no estaba segura de cómo pronunciar las letras, porque esas cuatro me daban lata. Me hubiera gustado llevar sus dibujos a la escuela.

Jesús, el mayor, en cambio, me asustaba:

—Cuando no sepas, Mari, si te dice algo la maestra, que no te dé miedo, dile una cosa fea como: "Usted es una vaca", y ya está. Dices que yo te di permiso.

¿Pero cómo iba a hacer eso?

Me encantaba tener como hermanos a Jesús y José, quizá porque como era la pequeña de la casa fui siempre su consentida.

Me hubiera gustado que quisieran igual que a mí a Pierre Chauvet, aunque tal vez sí lo querían, pero les costaba trabajo aceptar que había otro hombre en la casa y que no era nuestro padre.

Pero Pierre nunca los regañó ni les hizo sentir que no los quería, quizá porque amaba mucho a mi mamá, que con él era un poco menos callada.

Sólo una vez, una sola vez, Pierre Chauvet dejó sin comer a Jesús, porque hizo algo que no debía haber hecho:

—¿Qué hizo Jesús? —le pregunté a Pierre.

—Cometió una falta que no deberá repetir —me contestó.

—¿Qué falta? —le volví a preguntar.

—Una falta que lo ofende a él y a nadie más, porque es un muchacho honorable y bueno como lo fue tu padre.

Y no dijo más. Y nunca supimos qué había hecho Jesús. Sólo Jesús y él lo supieron.

El perico Lorenzo

Una vez vino Tere de visita y trajo del mar un perico cabeza amarilla que se llamaba Lorenzo.

Le había enseñado a decir: "Te quiero mucho Mariquita, qué chula, qué lindura, pienso en ti." Y cantaba muy chistoso: "Lorito toca la marcha, te lo manda mi coronel."

Cuando Tere volvió al mar con sus hijos, le di mi retrato para que lo llevara en su corazón, y me quedé con sus besos guardados en el alma.

Lorenzo aprendió más cosas y le silbaba a la Lady y la llamaba por su nombre: "Fiuuuu, fiuuuu, ven, Lady."

Y la Lady paraba las orejas y movía la cabeza y miraba a Lorenzo con curiosidad.

Lo que me gustaba

Me gustaba ver la lluvia a través de la ventana, pasear por el parque de la esquina con la Lady y detenerme en el lago a buscar renacuajos con una varita.

Me gustaban los brazos de Tere, la sonrisa de mi mamá y sus manos y sus ojos, los mangos (todas las variedades), las mariposas (todas las especies), y las truchas porque, como yo, remontaban la corriente. Los pericos parlanchines, como Lorenzo, los perros pastores, como la Lady, que era capaz de pelarle los dientes a cualquiera que se me acercara.

Me gustaban los cuentos de la abuela Mari Carmen porque me estimulaban a inventar mis propias historias.

Me gustaba jugar con mis hermanos a los detectives, pintar con acuarelas y ver cómo dibujaba paisajes y ciudades mi hermano José en su cuaderno de dibujo.

Me gustaban especialmente el campo y el mar, el sonido de las guitarras y las campanas, de los grillos y del viento, y las flores silvestres. Me gustaba ver las hojas de los árboles desprenderse de sus ramas en otoño. Me gustaban los tulipanes del jardín abriéndose al sol, los pollos y los patos recién nacidos, y la voz francesa de Pierre Chauvet cantándome a mí, sólo a mí:

Au clair de la lune,
mon ami Pierrot,
prête moi ta plume
pour écrire un mot.

Quiere decir algo así como:

Bajo la Luz de la luna,
amigo Pedrito,
préstame tu pluma
para escribir una palabra.

Y decirle a Pierre Chauvet cuando estaba contenta: "Pierrot", y cantarle a él, sólo a él:

...prête moi ta plume
pour écrire un mot.

Me gustaba soñar que ya era la que sería: una actriz, una bailarina, una pintora, una cantante, una contadora.

Como creía que nunca sabría leer "como Dios manda", no pensaba en ser escritora (que era lo que más deseaba) ni historiadora ni maestra ni doctora ni enfermera ni secretaria.

Me gustaba aprenderme de memoria las lecciones de la escuela, con la ayuda de mis hermanos, para que nadie fuera a decir que era tonta.

Mis maestras
y mi problema

Mi maestra de kínder fue mi preferida porque era cariñosa, sencilla y alegre, y nunca me regañó. Mi maestra de segundo fue mi aborrecida porque era dura, necia y enojona, y me reprobó.

Pero ahora sé, después de muchos años, que en aquella época nadie, nadie, nadie ni siquiera mis maestras, conocía mi verdadero problema.

Mis maestras creían que ser zurdo era algo "siniestro", que significa maligno. Pobrecillas, porque me obligaron a escribir con la derecha no por mala fe sino por simple ignorancia.

Mi mamá creía que no saber leer era mi forma de protestar por no tener papá. Mis abuelos pensaban que era mi forma de reclamar por tener padrastro. Mis hermanos pensaban que era mi forma de llamar la atención para que todo el mundo me consintiera. Isabel creía que yo tenía mucho ingenio para cambiar las sílabas de lugar.

Mis maestras creían, simplemente, que yo no ponía atención, que era rebelde o desobediente o torpe o inútil. Pero,

sobre todo, algunas pensaban que yo era un poquitín menti-
rosa, porque en unas materias era muy buena o verdadera-
mente brillante, porque mi problema para leer o entender lo
que leía no tenía nada que ver con la inteligencia ni siquiera
con el hecho de ser zurda (aunque sí un poquito con que me
hubieran obligado a escribir con la derecha).

Puedes ser muy inteligente y ser diestra y tener el problema
que yo tenía.

Mis maestras no imaginaron, no supieron el daño que me
hacían señalándome en clase, castigándome en clase, ori-
llándome a llorar en clase porque no podía hacer lo que me
pedían, que era leer "como Dios manda".

Una nueva vida

Ese año, cuando cursaba sexto, Pierre Chauvet habló con la directora de mi escuela y le pidió que no me reprobaran. Le aseguró que me iban a ayudar a superar mi problema y que, además, me iban a cambiar de escuela.

Pierre suponía que por haberme obligado a escribir con la derecha me confundieron, y que estar en un colegio bilingüe me confundió todavía más; pero tampoco sabía cuál era mi verdadero problema. Él intuía, de una manera asombrosa, algo de lo que me pasaba. Nada más.

Pasé de año y durante las vacaciones vino a casa todas las mañanas una joven alegre y juguetona, que era maestra en educación especial, y que tampoco sabía el nombre de mi problema, pero que había trabajado con niños y niñas que tenían la misma dificultad que yo para leer y entender lo que leíamos.

Me entrenó poco a poco con trucos como los dibujos de mi hermano José, con ejercicios divertidos, con juegos, con calma, con paciencia, con cariño.

Sus premios no eran pollitos recién nacidos, sino palabras entusiastas por mis adelantos, por mi progreso, algo que me dio seguridad, confianza y certidumbre de que sí podría, de que sí iba a lograrlo.

Cuando entré a mi nueva escuela me di cuenta inmediatamente de que en la hoja derecha ➜ del portón había una ventanita que abrían para ver quién llamaba, y pensé que por aquella puerta iba a entrar a un mundo nuevo.

Y recordé a Isabel en su primer día de clases, llorando de susto ante la presencia de algo desconocido... Y me recordé a mí misma, en mi primer día de clases con un uniforme oloroso a durazno y a manzana.

Y esa tarde le escribí por primera vez a Tere diciéndole que ya pronto, prontito, iba a ser la que sería, e iría al mar a hacerle sus cuentas y también a escribirle sus cartas.

Le decía también que la quería mucho, mucho, que la Lady había tenido cachorros y que Lorenzo había aprendido a decir:

Tere se fue al mar:
y con el viento
le mando un beso
que las estrellas alumbrarán.

Le contaba que José quería ser pintor; y Jesús, abogado; que mi mamá había decidido ser enfermera y estaba estudiando para eso. Pero, sobre todo, le explicaba que yo había entrado contenta a mi nueva escuela por aquella puerta que tenía una ventanita curiosa en la hoja derecha ➜, no sólo porque mi uniforme olía a fresco, a mañanita en el campo, sino porque a diferencia de las otras chicas y los otros chicos que había encontrado ahí, además de sumar y restar de maravilla (a lo que ella tanto me había ayudado), y además de escribir y leer en español lo que se dice "como Dios manda", sabía leer y escribir bien en francés. Al menos eso decía Pierre Chauvet orgulloso de mí y de mi empeño:

—Eso, *ma petite hirondelle*, es un logro que te honra a ti y alegra a todos, porque eres una chica inteligente y decidida como lo fue tu padre.

Entonces supe, estuve segura, de que sería la que sería.

Y más tarde, cuando mi mamá fue a darme el beso de las buenas noches le pregunté:

—¿Crees que mañana por la mañana ya seré la que seré?

Mi mamá no sabía de qué le hablaba, pero no he olvidado lo que respondió sonriendo, con sus ojos dulces:

—Claro que sí, Mari, cada mañana irás siendo la que serás.

Nota

A propósito, no aparece en el texto la palabra "dislexia", que es lo que Mari tiene. No aparece, porque en su infancia, no se conocía este concepto. Ahora se sabe que con un tratamiento, las niñas y los niños con dislexia, pueden desarrollar plenamente su vida cotidiana.

Dislexia.- Se llama dislexia a la dificultad que presentan algunas personas para leer y escribir, sin que tengan una discapacidad intelectual, motriz, visual o en cualquier otro ámbito. La dislexia consiste en cambiar las letras o las sílabas de lugar o confundir ciertas letras, puede ocurrir en la lectura o escritura de una palabra o una oración completa.

Quiero ser la que seré, de Silvia Molina, se terminó de
imprimir y encuadernar en mayo de 2017 en Impresora
y Encuadernadora Progreso, S. A. de C. V. (IEPSA), calzada
San Lorenzo, 244; 09830 Ciudad de México

El tiraje fue de 9000 ejemplares.